LES ACADÉMICIENS

DE SAVOIE

et après eux

LES SAVANTS, POÈTES, ÉCRIVAINS, ETC., CHAMBÉRIENS
qui ne le sont pas (académiciens).

PORTRAITS A LA PLUME

PAR

ANTONY DESSAIX

EN VENTE, A CHAMBÉRY, CHEZ L'AUTEUR

LE PANTHÉON CHAMBÉRIEN

LES ACADÉMICIENS
DE SAVOIE

et après eux

LES SAVANTS, POÈTES, ÉCRIVAINS, ETC., CHAMBÉRIENS

qui ne le sont pas (académiciens).

PORTRAITS A LA PLUME

PAR

ANTONY DESSAIX

EN VENTE, A CHAMBÉRY, CHEZ L'AUTEUR

QU'EST-CE QUE LE PANTHÉON?

Le Panthéon.... Eh bien, c'est une immense armoire,
    Divisée en compartiments,
    Où l'on tient tous les condiments
Qui peuvent relever la fadeur de l'histoire.
    Ce sont là les vrais éléments
    De la cuisine de la gloire.

LES ACADÉMICIENS DE SAVOIE

PRÉFACE

—⁓⁓—

I

Chez les Égyptiens et chez tout peuple sage,
A chaque homme on faisait l'honneur de son procès ;
Il est vrai qu'il était d'usage
D'attendre son décès.

On nous fera sans doute un crime
D'en agir autrement ;
On nous accusera de maladroitement
Choisir notre moment
Pour immoler notre victime.

Mais attendre un décès d'académicien
Ce serait œuvre de Jocrisse ;
Le jour qu'ils sont admis, l'univers le sait bien,
Ils sont tous enterrés d'office.

Avec cela, si l'on en croit
L'illusion dont tout grand homme
Se laisse bercer dans son somme,
L'académicien est immortel de droit.

Plus de sanction de la sorte ;
Criminel, vertueux,
N'importe,
L'académicien serait semblable aux dieux.

Ce serait là vraiment un trop beau privilége ;
Il nous a paru bon de l'écorner un brin.
D'un cœur léger, d'un ton badin,
Nous attaquons de front tout le sacré collége.

II

Ils ne sont que dix-neuf, je crois,
   Et devraient être deux douzaines ;
On parle bien de motions prochaines
Et d'en nommer quatre ou cinq à la fois.

Mais où trouver tant d'hommes de mérite,
De vrai talent et de profond savoir ?
   Cette tâche n'est pas petite,
De l'accomplir qui peut garder l'espoir ?

   En France, on prend le premier prince
   Que l'on rencontre dans un coin ;
   Mais c'est autre chose en province,
   L'Eglise même n'en a point.

Rassurez-vous, vos peines sont futiles ;
   Qu'à l'égard des nouveaux les vieux
   Ne soient donc pas plus difficiles
   Qu'on ne le fut pour eux.

M. CHAMOUSSET

CHANOINE

Secrétaire perpétuel de l'Académie.

En a-t-il poursuivi de ces inventions,
En a-t-il charbonné de ces équations,'
En a-t-il entassé des X de tout calibre !...
    Or chacun sait que, dans ces régions,
Il est fort malaisé de garder l'équilibre.

M. LOUIS GUILLAND

DOCTEUR-MÉDECIN

Il a pour chacun un sourire,
Pour tous de l'esprit plein le cœur ;
Qui donc ose me contredire
Si je l'appelle un bénisseur?
D'un gracieux thuriféraire
Qui pour tout nez a de l'encens,
On ne pouvait pas moins que faire
Le plus aimé des présidents.
Il l'eût été pendant cent ans,
Si, malgré tout son art, le
Tympan lui permettait de répondre : j'entends
Aussi clairement que je parle.

M. JOSEPH BONJEAN

PHARMACIEN-CHIMISTE

—❦—

Dans un cénacle où l'on discute
Il se peut bien qu'on se dispute ;
C'est donc sage précaution
D'avoir à sa portée un lé de diachylon.
Mais ces matrones, j'imagine,
Ne sauraient accoucher de rien sans ergotine ;
A la faire on sait Bonjean bon.

M. VALLET

CHANOINE

Professeur de géologie.

—⚬—

Dans l'œuvre souverain de la création,
Dieu s'est chargé du soin de l'opération.
Mais, à voir de Vallet l'effort géodésique,
    On dirait qu'il a mission
De faire de cet œuvre éminemment pratique
    Une vérification.

POST-SCRIPTUM

Je me dois d'ajouter à la caricature
Que je fais du vivant un mot d'éloge au mort ;
Car, depuis que ma plume esquissa la figure
Du chanoine Vallet, vers le céleste port
De cet homme de bien l'âme a pris son essor.

Au cimetière du village
De sa naissance (Oncin), est un marbre pieux,
Qui dit au visiteur qu'à la fleur de son âge
De ce vrai savant l'âme est retournée aux cieux.

Les voltairiens même, en lui rendant hommage,
Diraient en termes précieux
Que de tous leurs savants il obtint le suffrage
Et qu'il aurait trouvé sa place au milieu d'eux.

C'est donc un regret unanime
Qu'en ce monde il aura laissé ;
Ce trait me paraît le sublime
De l'éloge d'un trépassé.

M. BAILLY

PERCEPTEUR

chasseur et ornithologiste.

— ⚬⟋ —

C'est Bailly l'ornithologiste.
Il a catalogué les oiseaux du pays ;
A nos oiseaux savants il faut, à notre avis,
    Un véridique apologiste ;
    On trouve un chasseur fantaisiste,
Dans la même volière on le met tout exprès
Pour qu'il les puisse à l'aise étudier de près
Et des pierrots ainsi parachever la liste.

M. BEBERT

EX-PHARMACIEN

C'est encore un pharmacien ;
Mais que diable l'Académie
    Peut-elle bien
Faire de tant de pharmacie?
Pour combattre son anémie,
    Trois ne seront pas assez forts ;
Mais mettez vingt purgons dans cette comédie,
Qu'autant de drogue, autant de bouillon pour les morts.

M. LOUIS PILLET

AVOCAT ET GÉOLOGUE

On disait autrefois : Hors nous et nos amis ;
De nos jours c'est encore un peu la même chose.
    Si ce n'est pas Voltaire qui dispose,
Il est d'autres futés qui taillent les crédits.

De tout temps les Pillet ont eu la main puissante ;
    Certainement ce n'est pas sans raison ;
Vaste conception, science intelligente,
    Chez eux sont de toute saison.

Mais alors qu'on n'est pas Pillet, l'Académie
    Ne saurait être votre amie,
    Et le livre le mieux stylé
    D'épigrammes serait criblé.
Il faut se résigner à ce sort dans la vie,
Et, comme me disait un fort en pharmacie,
Quand on n'est pas Pillet il faut être pilé.

M. CARRET

DOCTEUR

chirurgien en chef de l'Hôtel-Dieu.

—ᴥ—

Carret, comme Flourens, est de l'Académie.
　　Le vrai motif on le connaît:
L'un a découvert l'art d'éterniser la vie,
　　L'autre inventa le poêle.... Or chacun sait
　　Que l'hygiène et la philosophie
　　　　Sont d'accord sur ce point de droit:
　　　　Qu'il est de sagesse infinie
　　　　De se chauffer quand on a froid.

　　　　Quoi qu'il en soit, c'est un vrai prince,
　　　　De la science, entendons-nous.
　　　　C'est le roi de notre province,
　　　　Et la preuve, la voulez-vous ?
　　　　Aisément elle est établie :
　　　　N'a-t-il pas fait sa dynastie ?

M. LE Cte GREYFIÉ DE BELLECOMBE

AVOCAT & PRÉSIDENT DE CHAMBRE A LA COUR D APPEL

Greyfié parla beaucoup, mais qu'a-t-il écrit ? Rien.
Il a des avocats les titres éphémères ;
Du barreau savoyard c'est une des lumières,
Et vous croiriez vraiment que du Corps des compères
On eût exclu Greyfié.... Berryer en était bien.

M. ALEXIS DE JUSSIEU

ARCHIVISTE DU DÉPARTEMENT

Alexis de Jussieu descend par les tangentes
De celui qui d'un cèdre appauvrit le Liban.
    Que Paris soit reconnaissant,
    C'est le moins ; mais quand on fait tant,
    Je croirais que le descendant
    Devrait être au jardin des Plantes.

    Les habitants de la maison
    Sont d'une humeur un peu... sans gêne.
Pas tant que des sujets oubliés par Buffon,
    Avec qui, — croyez-moi sans peine, —
    De vivre au mieux il a le don.

M. CHARLES CALLOUD

PHARMACIEN-CHIMISTE

Calloud est génitif de *Kalos*, c'est certain.
Il part d'Athène un beau matin,
De fioles sa poche pleine,
L'une puisée au Styx et l'autre à l'Hippocrène.
Par-ci par-là les vidant à l'envi,
De sa sainte sacoche
Il fait jaillir la Bauche.
Dès lors, le long des murs, en langage poli,
En voit-on tous les jours du drôle et du joli.

M. TRÉPIER

CHANOINE HONORAIRE

Dès qu'Apollon réside en notre Académie,
Il faut bien qu'il trouve au chantier
Tous les outils de son métier.
En attendant qu'y vienne la Pythie,
Contentons-nous de son trépied.

M. LE Mis A. COSTA DE BEAUREGARD

DÉPUTÉ

En noblesse, en science, Albert a des aïeux ;
Au physique, au moral, il procède de race ;
On sait ce que ça vaut en fait de chien de chasse,
    Mais en fait d'homme c'est bien mieux.

    Vous l'avez vu dans la Mobile.
Mais cela n'est rien, et, je le dis sans art,
Son titre le plus beau fut d'être assez habile
Pour l'avoir emporté sur le brave Michard.

M. LE Mⁱˢ CÉSAR D'ONCIEU

D'Arbin César d'Oncieu dépouille le terroir
Pour requinquer un brin ses tourelles usées ;
    Oh ! que n'a-t-il donc le pouvoir
    D'en faire autant pour nos jeunes musées !

    Selon nous, les collections
    Devraient avoir cet avantage
    De former des exceptions
    Dans la loi des successions,
    Et de tomber en héritage
    Aux doctes institutions.
    Du reste, cela se pratique
    Quand il s'agit de grand chemin.
Sur les collections posons la large main
    De notre Utilité publique.

M. ARMINJON

CHANOINE

Professeur d'éloquence sacrée.

Ce gros abbé, droit comme un jonc,
Est un évêque en espérance ;
Il possède de l'éloquence,
Et fait joliment un sermon.
Il écrit la langue française
Comme un neveu de Vaugelas,
     Mais hélas !
Il la parle trop à son aise....
Si l'on en croit les Auvergnats.

M. ANDRÉ PERRIN

LIBRAIRE

—≫ᴏ—

Perrin de la Basoche a retracé l'histoire
Et de nos vieux archers étudié les mœurs.
Il lit comme un marchand de livres, c'est notoire ;
En revanche, il écrit comme deux procureurs.

M. PIERRE TOCHON

AGRONOME

Il fallait bien un agronome
Pour les questions de fumier,
Et Pierre Tochon, voilà l'homme
Qui sait son Grignon tout entier.
Il a tant imprimé d'œuvres d'agriculture,
Qu'on pourrait aisément
Fumer tout le département
Rien qu'avec sa maculature.

M. L'ABBÉ DUCIS

ARCHIVISTE DE LA HAUTE-SAVOIE

Auteur de travaux sur les anciennes voies romaines.

Notre Ducis descend de l'autre
Qui de Shakespeare fut l'apôtre ;
Ils n'ont pas fait même chemin,
Mais la destinée est fatale...
— Et lequel vaut le mieux ? — C'est pas malin,
Moi, je préfère, à chance égale,
Du trois, c'est plus certain.

— Mais tout à l'heure encore on disait à la Bourse
Que si quelque action a pris le pas de course
C'était celle des vieux chemins
Romains ;
— Prenez donc tout de même
Du P.-L.-M.

M. FRANÇOIS RABUT

PROFESSEUR D'HISTOIRE AU LYCÉE DE DIJON

Pierre fait penser à Thomas....
Je parle des Corneille.
Les deux frères Rabut sont dans le même cas ;
Au nom de l'un, le nom de l'autre se réveille.
François est un savant bon teint ;
A fouiller tous nos lacs Laurent perd son latin.
En histoire François a fait un fier butin ;
En pots cassés Laurent a toute sa fortune.
Enfin, si de monter au ciel
Vous estimez la démarche opportune,
Admettez comme moi ce point essentiel
Que l'un est un soleil et que l'autre est sa lune.

Mgr MERMILLOD

ÉVÊQUE D'HÉBRON

C'est le prélat persécuté
Par cette lacustre Genève,
Ce pays de la liberté,
Sans doute ainsi nommé parce que l'on en rêve.
Mais qu'on le mette à Chambéry
Notre siége est vacant, et facile est la chose ;
Je sais bien qui sera féru, s'il n'est rien dit
Dans le concordat, qui s'oppose.

Il acceptera, j'en réponds.
Nous n'aurons plus alors à subir les affronts
De certains gros prélats, trop illustres margraves,
Qui sont bien par trop grands garçons
Pour vouloir bien siéger dans le pays des raves.
Et les évêques de Rodez
Pourront nous préférer à l'aise
Les assassins de Fualdez...
Nous aurons notre évêque, et lui son diocèse.

M. LE RECTEUR DE L'ACADÉMIE

(Académicien de droit)

—⚬—

C'est Zevort et ses successeurs.....
C'est l'apanage des recteurs
 Que de faire partie
Doublement de l'Académie.
Mais de ce membre en vérité,
Par peur de la banalité,
 Je ne parlerai mie.
Dès que le titre appartient à l'emploi,
Je vous demanderais pourquoi
En place d'un portrait croqué d'après nature
 D'un membre qu'à peine on connaît
Il ne vaudrait pas mieux dessiner sa fourrure
 Et son bonnet.....

Mx HAILLECOUR

INSPECTEUR DE L'ACADÉMIE

(Académicien de droit)

—❧—

Ampère avec son parapluie
Rentraient un jour de compagnie,
L'un mouillé jusqu'à l'os et l'autre jusqu'au jonc,
Tous deux ruisselants tout du long.
Pour réparer l'œuvre perverse
De l'averse,
Le savant pense qu'il est bon
De s'offrir un bol de bouillon.
Il prend la tasse et sans façon
Sur le parapluie il la verse ;
Puis il s'ingénie avec art
A s'introduire dans... le fourreau du riflard.

Quoi ! vous riez de ce commerce !
Eh bien, Haillecour que voilà
Est un savant de cette force-là.

M. DÉPOISIER

SECRÉTAIRE DU RECTEUR DE L'ACADÉMIE

Dépoisier, — suivons la liste, —
Etait un académiste
Qui par ricochet devient
Un académicien.
Le recteur l'était d'office,
L'inspecteur a même droit ;
Tout ce qui par-là s'immisce
Parvient au fauteuil tout droit.
A ce train, nos synagogues,
Nos cénacles de savants,
Vont, avant qu'il soit longtemps,
Regorger de pédadogues.

M. FRANÇOIS DESCOSTES

AVOCAT

—⸲—

Parole d'argent, plume d'or,
Descostes, c'est le vrai trésor
De notre vieille Académie ;
Elle semble ragaillardie
Qu'il n'y siége pas même encor.
Vaine illusion, la vieillesse
N'emprunte rien à la jeunesse ;
Le vieillard demeure engourdi,
Et c'est la vieillesse hideuse
Qui se gagne, contagieuse,
Quand jeune et vieux ne font qu'un lit.

Que Dieu le tienne en sainte garde !
Si de son trône il me regarde,
Puissent mes craintes le toucher.....
Mais qu'avons-nous besoin du ciel ?
Ce n'est pas en lune de miel
Que Descostes va découcher.

M. BARBIER

DIRECTEUR DES DOUANES

———

Son plaisir est de siffloter ;
Pour lui c'est même un droit que son valet envie,
Car on dit qu'il en use en bonne compagnie.
Dans tous les cas, ça vaut mieux que de sangloter.
Nous qui lisons les traits de sa plume instructive,
Qui voyons les travaux qu'il est apte à remplir,
Nous lui laissons l'alternative,
Mais en nous réservant celle de l'applaudir.

POST-FACE

Ecoutez-moi, disait au poète Lainé
Un membre sérieux de la docte assemblée :
Par trente-neuf bonjours on n'est pas trop peiné;
Présentez-vous, et vous serez reçu d'emblée.
Pour lequel d'entre nous êtes-vous étranger ?
Un fauteuil est vacant, allez vous y loger...
Et Lainé répondit d'un ton vraiment stoïque :
Si tous les écrivains étaient de la boutique,
　　　Qui resterait pour vous juger?

APPENDICE

SAVANTS, POÈTES, ÉCRIVAINS

CHAMBÉRIENS

Qui aspirent plus ou moins à l'honneur
d'occuper un fauteuil.

M. THÉODORE FIVEL

ARCHITECTE & ANTIQUAIRE

(membre correspondant)

—❦—

Dans son génie il a trouvé
Qu'Alésia c'est Novalaise ;
Bien mieux encore, il l'a prouvé ;
En toute occasion il expose sa thèse.

Et Quicherat et Rossignol
Lui font une guerre acharnée ;
Rien ne l'arrête dans son vol,
Fivel c'est la lutte incarnée.

Ils vont tous s'en moquant nos savants en renom,
Et plus d'un le bafoue ;
N'importe, preuve en main, Théodore les joue....
Qu'on est fort quand on a raison !

M. ADOLPHE BERTET

AVOCAT & COMMENTATEUR DE L'APOCALYPSE

Il est avec les saints en confidence intime;
   Pour lui Jean n'a pas de secrets.
Quand de l'ilot fameux il atteint les sommets,
Notre monde lui fait tout l'effet d'un abîme.

Pathmos, Delos, Cythère, en voilà des berceaux !
Toujours l'Hiérophante a fait choix de son île.
Il s'y fait un rempart à défendre facile,
Que craint-on quand des mers on brave les assauts ?

Jean fit naitre là-haut sa fière Apocalypse ;
Bertet en a fouillé le baragouin profond.
Jean n'en a pas pour ça subi la moindre éclipse,
Puisque dans Jean, Bertet trouve qu'il est du bon.

Mais sera-t-il jamais de notre Académie,
   On me permettra d'en douter.
Les hommes terre à terre ont soin de redouter
Les fous... C'est chez les fous qu'on trouve le génie.

M. LOUIS BERTHET

Et lui non plus, il n'en n'est pas ;
Pourquoi donc, je vous le demande ?
Comment faudra-t-il qu'on se fende
Pour pénétrer dans ces sénats ?

Ses manuscrits sont à la veille
De passer à l'impression,
Il leur donne un dernier fion ;
Qui les connaît en dit merveille.

Il est donc bien vrai, mes enfants,
Ce principe que je vous livre :
S'ils sont capables d'un beau livre,
Tous les gens qui sont là-dedans,

A voir comment on s'y comporte,
— Je ne parle pas en gouailleur, —
Qu'on en ferait un bien meilleur
Avec ceux qui sont à la porte.

M. VICTOR FRANÇOIS

AUTEUR DE : *Une première gerbe*

Un jour on a cru voir un vrai poète en herbe;
Ses vers pleins de candeur émaillaient le gazon.
Mais quand vient la moisson,
La récolte se borne à la première gerbe;
La seconde, ma foi, reste pour la façon.

M. MICHEL CARCEY

AVOCAT & AUTEUR DE: *Philosophie légale du Crédit ou de la Puissance*.

Il s'était mis à Maltaverne
A spéculer sur le pourceau
Mais dans cette sombre caverne,
Ce gouffre sans fond, cet averne,
L'éleveur a laissé sa peau.

Il n'en avait fait qu'à sa tête ;
Dès lors, dans sa cervelle a lui
Cette idée en cours aujourd'hui,
Que, pour bien élever la bête,
Il faudrait l'être plus que lui.

Et fort de son expérience,
Qui lui coûte bien assez gros,
Il fait de la jurisprudence,
De la sociale science,
De l'économie à grands flots.

Rêve fiévreux, folle utopie,
Son livre est bon à consulter ;
Car, croyez ma philosophie,
Les rêves sont tout dans la vie,
Quand on sait les interpréter.

MADAME DE JUSSIEU

AUTEUR DE : *Aimer c'est souffrir.*

Elle sait aimer et souffrir,
Si j'en crois notre Académie
Qui jadis couronna sa plaintive élégie.
Quoi qu'il en soit, elle dit à ravir
Aux échos prêts à s'attendrir
Qu'elle sait aimer et souffrir.

Tous les pleurs de ce monde ont mouillé son visage,
Si j'en crois ses beaux vers ;
Mais voyez ses enfants, yeux vifs et fronts ouverts,
Riches des grâces du jeune âge,
Et jugez des malheurs qu'elle n'a pas soufferts.

M. BILLIET

EX-RECEVEUR D'ENREGISTREMENT

J'ignore encor quels sont ses vers,
Mais je sais qu'il chauffe la muse ;
Ne craignez point que je m'abuse,
J'ai son aveu, c'est son travers.

On dit qu'il enchante Saint-Jeoire,
Et que les échos de Triviers
Déjà lui taillent une gloire
Qui vaut celle de leurs éviers.

Il est vraiment du phénomène
Dans ce talent trop méconnu ;
Si l'on s'en était aperçu
　　Dans le domaine !....

Faut-il un fier tempérament,
Un cœur solide, une âme forte,
Pour résister de cette sorte
A trente ans d'enregistrement !

M. BAZIN

POÈTE & MÉDECIN

—❧—

Esculape n'était qu'un détrôneur de dieux ;
  Le vrai dieu de la médecine
  C'est Apollon, et j'imagine
  Que les anciens, gens sérieux,
    Agissaient pour le mieux,
Quand ils nommaient patron de la docte officine
Le plus grand éclaireur de la terre et des cieux.

  Donc, j'en conclus, dans ma jugeote,
Que la science et l'art trouveront le bonheur
  A faire ensemble la popote,
  Et que dans les vers s'il tripote,
  Le médecin en est meilleur.

A preuve n'a-t-il pas de par l'Académie
  Subi l'affront d'un presque prix ;
Si bien, que moi qui goûte au mieux sa poésie,

J'en suis encore tout surpris.
Tenons qu'une fois dans leur vie
Nos maîtres se seront mépris.

Son col pourrait être plus roide ,
Il aurait plus de majesté ;
Geste anguleux, parole froide,
Donnent un air de dignité
Que recherche la Faculté.
Il n'en veut pas les ridicules,
　　Ma foi, tant pis pour lui ;
Car ce n'est que par là qu'on arrive aujourd'hui
　　A triompher de ses émules
　　Qui n'ont pas autant de scrupules.

N'importe, comme médecin,
Comme poète plus encore,
Je suis heureux, chaque matin,
De pouvoir lui serrer la main,
Sous l'ombrage du sycomore.
Il me lit son sonnet, il écoute le mien ;
　　Trouvant l'un dans l'autre un soutien,
Etonnez-vous qu'il m'aime et que moi je l'adore.

M. THÉO CHABERT

EMPLOYÉ A LA VOIRIE & AUTEUR DES CANTICIDES, ETC.

—◦◦—

Pour nous, Théo Chabert n'est pas un inconnu ,
Sur des vers très-nombreux est assise sa gloire ;
   Même il nous dit par le menu
   Tous les détails de son histoire.

Et puis lâchant la bride à l'inspiration,
Voyez-le s'élancer sur les flancs du Parnasse;
Comme un coursier fougueux qu'une mouche tracasse,
   Il court, il bondit sur la trace,
   Et son imagination
   Ne tombe que de guerre lasse.

   Ses Canticides, ses refrains,
   Ne reconnaissent plus de freins,
   Ce sont des cris de l'âme émue;

Prêtez l'oreille aux sentiments,
Ils savent trouver des accents
Capables de fendre la nue.

Pauvre Chabert, pauvre Théo!
Les vers ne donnent pas à vivre;
Pendant huit heures il se livre
Bras et jambes à son bureau.
Que quelqu'un s'avise de dire :
Ses œuvres sentent le voyer...
Nous répondrons : Et quel serait donc son délire,
Et que de tours sa roue aurait l'art de décrire
Si rien ne venait l'enrayer !

M. CHARLES BURDIN

POÈTE & AUTREFOIS PÉPINIÉRISTE

—◦⟫◦—

Les premières impressions
Font tache d'huile dans la vie,
Et l'agneau ne saurait oublier la prairie
Où, sous l'œil de sa mère, il fit ses premiers bonds.

Les charmants produits de sa muse,
Comme un catalogue de fleurs
(Non pas, comme un bouquet, je lui fais mon excuse),
Exhalent dans les airs les plus douces senteurs.

L'agneau rêve de primevère
A la porte de l'abattoir,
Et le poète songe au jardin de son père
Au bord d'un précipice insondable et bien noir.

Mais de son esprit qui rayonne
Il illumine le sentier,
Et tout en butinant la rose et le laurier
D'illusions son cœur se tresse une couronne.

M. LE Cte DE LOCHE

QUI A REMPORTÉ LE DERNIER PRIX DE LOCHE

Un aïeul du comte de Loche
Pour un prix lègue une sacoche,
Et son nom y reste attaché ;
Mais servir un legs vous embête,
Et l'héritier se met en quête
D'un moyen simple mais honnête
De s'acquitter à bon marché.

Le prix appartient à l'histoire;
L'héritier présente un grimoire
Qui ne réussit pas trop mal ;
L'argent sorti par une porte
Rentre par l'autre. De la sorte,
Avec les prix que l'on remporte,
On rentre dans son capital.

Mme & M_x CALMELS

ENCOURAGEMENTÉS PAR L'ACADÉMIE

SOUS LE NOM DE Mlle MALLESCA

C'est lui, — c'est peut-être elle.... est-on jamais certain
De dégager les x de cette comédie ? —
Qui pour l'avant-dernier concours d'académie
Fit cet *Avril* charmant où notre alexandrin
Etendait sur les prés sa plus douce harmonie.
Pour ce petit chef-d'œuvre à la grâce infinie
Nos juges immortels — comme Georges Dandin, —
    Ne montrèrent que du dédain.
Lors, le charmant *Avril* alla quérir la gloire
Au bord de la Garonne où croissent des roseaux
    Qui valent bien, on peut m'en croire,
    Nos chétifs arbrisseaux.

Avril fut couronné de fleurs, c'est de l'histoire,
Et Calmels remporta la plus belle victoire.

C'est elle, — ou bien c'est lui ; peut-on savoir vraiment
    Le dernier mot des secrets de ménage ? —
        Qui, sous un nom demi-sauvage,
        Obtint, par récent jugement,
        De notre docte aréopage
        Le prix d'encouragement,
        Sous les espèces d'une image
        Avec charge d'émargement.

        Auprès de notre Académie,
        D'*Avril* la fraicheur inouïe
        Qui respirait un vrai génie
        N'a pas eu le moindre succès ;
        Pour assurer votre vengeance,
        Contre l'académique engeance,
        (Oh ! quelle noirceur, quand j'y pense !)
        Vous fîtes d'affreux vers exprès.

M. BLANCHARD CLAUDIUS

On venait de jouer au Théâtre-François
   Arbogaste, je crois,
(Le pays dont je parle a déteint sur ma rime),
Devant une chambrée à siffler unanime.
Sur le trou du souffleur s'avance Beauvallet,
Et de sa voix en tout genre sublime,
Il dit : Ce que l'on vient d'entendre est de Viennet
   Qui tient à garder l'anonyme.

   On fait tout le contraire ici :
  De nos maîtres le plus grand maître
Nous dit : Blanchard aurait le prix sans contredit
   S'il ne s'était pas fait connaître.

   Allons, tant mieux de ce succès ;
   Blanchard n'est pas homme à se plaindre ;
Mais de là je conclus qu'ici comme aux Français
   Des Calinos naïfs et gais
La génération n'est pas près de s'éteindre.

M. VIALLET

AVOUÉ A LA COUR

O Dieu, vous qui, dans un moment d'humeur,
    Assez justifié du reste,
    Fîtes pleuvoir le feu céleste
    Sur les cinq villes de malheur ;

    Vous dont Sodome
    Aurait éprouvé le pardon,
    S'il s'y fût trouvé plus d'un homme
    Digne de ce beau nom ;

    Que votre colère s'arrête,
    Suspendez vos foudres vengeurs !
    Oh ! grâce pour les procureurs,
    Vous pourriez frapper un poète !

M. D'ÉNARIÉ GASPARD

MÉDECIN & AUTEUR DE — *Une question de simple bon sens:*
Quel est le gouvernement qui convient à la France?

— ❧ —

Si l'indignation a produit un poète,
L'amour du Roy peut bien produire un écrivain ;
     Si ce n'est pas non plus en vain
Que l'ardent Juvénal, ému comme un prophète,
A crûment dit son fait au vieux peuple romain ; —

L'écrivain de bon sens, à son tour, dans le monde
A fait sensation, sensation profonde.
     Bravo, bravo, docteur !
Sa plume bon enfant, facile, vagabonde,
Charme tout à la fois et l'esprit et le cœur.

     (Profitons de la république
     Pour faire une digression ;
     De parler un brin politique

Ne marquons pas l'occasion
Mais non, parlons plutôt médecine pratique,
Et surtout gardons-nous de toute allusion).

On est assez d'accord sur le diagnostique,
      On sait où siége la douleur ;
      Mais quand il s'agit du topique
Qui doit rendre au client le calme et le bonheur,
      Les plus habiles en clinique,
— Parce que le remède a tout l'air d'un toxique —
N'osent l'administrer. Dans ce moment critique
Se prononcer est dur, et formuler fait peur.

Mais lui, Dénarié, marche avec assurance ;
Sa foi dans le vieux Roy, sa docte expérience
Lui disent que l'effet du remède est certain
Et qu'un Roy c'est toujours un baume souverain.

Répétons après lui : Sauvons, sauvons la France?...
      Allons-y donc pour l'écrivain
      De cette même confiance
      Que l'on a pour le médecin.

M. BÉCHERAT

RÉCITATEUR

Fait-il des vers? O ciel! il en est bien capable.
Ami d'Albert Richard, poète de granit,
Qu'il chante l'Helvétie ou gribouille une fable,
Bécherat pourrait bien être poète aussi.

En attendant, je sais comment il les récite;
Il les sent, il les verse avec art du flacon;
Chaque goutte tombant de son fier baryton
Dans l'âme qui l'entend roule et se précipite.

Oh! je me passerais d'imprimeur pour mes vers,
Si Bécherat voulait leur prêter son organe.
En passant par sa voix, ou sacrée ou profane,
L'œuvre la plus modeste étonne l'univers.

Mais pour arriver là... C'est un honneur insigne,
Que l'on serait, ma foi, trop fier de mériter.
      Quand j'aurai fait mon chant du cygne,
      Il voudra bien le réciter.

L'AUTEUR

ARCHIVISTE ADJOINT

⁓

Et l'auteur ? Il faut bien que tout le monde y passe.
— Un feuillet restait à remplir,
Il veut, après tout, accomplir
Sa tâche jusqu'au bout, — il en fera sa place.

Ces cheveux mal peignés, c'est lui, car il y tient.
Son négligé s'élève à hauteur de principe ;
Qui l'a vu s'en souvient,
Mais on ne le voit jamais bien.
Car il est constamment éclipsé par sa pipe,
Tel qu'il est néanmoins, Philippe
Un beau jour l'a sacré poète savoisien.

Lorsque la république aborda sur nos rives,
On le mit où l'on met ce qui n'est bon à rien,
C'est-à-dire aux archives.
Philosophe il s'y plaît, pauvre diable il s'y tient.

ÉPILOGUE

Voilà tout, si je ne me trompe,
Tout ce qui se permet d'écrire en plein soleil.
    Mais comment donc parler sans plus de pompe
De tous ces écrivains au talent sans pareil ?

    C'est un trait d'audace incroyable.
S'attaquer aux vivants, aux immortels surtout,
Qui se traitent entre eux en héros de la fable
Et s'encensent le nez à s'endormir debout !

Ces astres ont besoin d'une éclipse à leur gloire.
    Ce serait un sort surhumain
Que de parcourir tout le cercle de l'histoire
Sans rencontrer jamais de cailloux en chemin.

Après les immortels, sous mes fourches caudines,
Vous avez vu passer des talents incompris ;
Mais non ceux dont la muse a des mœurs clandestines ;
Contre les indiscrets il est de sûrs abris.
— Lesquels ? — C'est de rester toujours en manuscrits.

Que de morts se rangeaient au-devant de ma plume
Demandant à grands cris place à mon feuilleton !...
Mais pour les vivants seuls ma lanterne s'allume,
Je fais le Diogène et je raille Platon.

TABLE

Chambéry, imp. E. D'ALBANE, place St-Léger, 13

www.ingramcontent.com/pod-product-compliance
Lightning Source LLC
Chambersburg PA
CBHW071250210626
46818CB00013B/728